EL CAPITÁN CALZONCILLOS Y LA ASQUEROSA VENGANZA DE LOS ROBOCALZONES RADIOACTIVOS

La Décima Novela Épica de

DAV PILKEY

SCHOLASTIC INC.

Originally published in English as
Captain Underpants and the Revolting Revenge of the Radioactive Robo-Boxers

Translated by Nuria Molinero

ISBN 978-0-545-54456-6

Be sure to check out Dav Pilkey's Extra-Crunchy Web Site O' fun at
www.pilkey.com.

12 11 10 9 8 7   17 18/0

Printed in the United States of America   40
First Spanish printing, September 2013

A SAYURI

CAPÍTULOS

La Verdad Supersecreta Sobre
EL CAPITÁN CALZONCILLOS

Hase poquito tiempo, abía dos chicos jeniales llamados Jorge y Berto.

¡Somos jominolas!

¡Yo también!

El diretor de su escuela, el señor Carrasquilla, era el más odioso del mundo.

Bla bla y más bla

Un buen día lo hinotisaron.

¡Nos obedeserás!

¡Sí!

Le hisieron creer que era un superhéroe.

¡Ahora eres el capitán Calzoncillos!

¡Sí!

Al principio fue divertido...

¡Tata-cháááán!

Ja ja ja ja ja

Hasta que el señor Carrasquilla saltó por la ventana.

¡¡¡ESPERE!!!

El señor Carrasquilla se crelló que era el Capitán Calzoncillos. ¡y se metió en un montón de líos!

¡Vuelve, Chico!

¡Ni hablar!

¡Soi un héroe!

Una vez, un monstruo gigante atacó la escuela.

¡Agg!

Intentó comerse al señor Carrasquilla.

Jorge encontró un jugo superpoderoso en un OVNI.

J.S.

GLU GLU

¡Bebe, chico!

Entonces el señor Carrasquilla empesó a tener superpoderes.

Aora podía volar y todo.

¡Tatata-cháááán!

Pero lo malo es que cuando el señor Carrasquilla escucha chaskar los dedos...

¡Chasc!

Se convierte en el Capitán Calzoncillos.

Y cada vez que al Capitán Calzoncillos le cae agua en la cabeza...

¡¡¡Se convierte de nuevo en el señor Carrasquilla!!!

BLa bla bLa

EN CUAL-Quier CAZO...

En nuestra última a bentura, avía un tipo malvado llamado cocoliso cacapipí.

¡Ese soi Yo!

Construlló un Robotraje.

Luejo se metió adentro.

¡¡¡Destruiré al Capitán Calzoncillos!!!

¿Ah, sí?

Senfrentaron en una terrible ~~pelea~~ pelea.

¡Cuidado con mi rayo de yelo!

¡Me escapé!

zong

zap

Cocoliso se congeló los pieses por acsidente.

¡Ay, no, mis pieses están congelados!

¡Já, já!

CLONC

¡Rayos! ¡Me rromperieron el robó!

¡Pero los pantalones rrobóticos de Cocoliso también eran una máquina del tiempo!

¡¡¡Excaparé retrosediendo en el tiempo!!!

¡Ay, no!

Los Robopantalones retrosedieron 5 años en el tiempo.

¡Pero unos niños abusones vieron los Robopantalones y se murieron de miedo.

¡AYYYYYY!

Se asustaron tanto, que se volbieron turulatos.

Daa

Duu

Gu gu ga ga

mi so bum bum

Al señor Carrasquilla lecharon la culpa de todo.

¡Está dispedido!

Supervisor

S

¡Soi víktima de las sircustaunsias!

AORA el futuro canbió. ¡¡¡Y todo es diferente!!!

Como al señor Carrasquilla lo dispidieron hase 5 años...

¿por qué yo?

Jorge Y Berto nunca pudieron hinotizarlo...

¿?

Como al señor Carrasquilla no lo hinotizaron...

¡bua! bua!

nunca se convirtió en el Capitán Calzoncillos.

Y como, el capitán Calzoncillos no esiste...

¿Quién es ese?

¡¡¡¡No estaba allí para salvar al mundo!!!!

¿Quién nos salvará?

Nidea.

CAPÍTULO 1

JORGE Y BERTO

Estos son Jorge Betanzos y Berto Henares.
Jorge es el zombi gigante de la izquierda con
corbata y el cabello muy corto. Berto es el
zombi gigante de la derecha con camiseta y un
corte de pelo espantoso. Recuérdenlos bien.

Si leyeron nuestra última aventura,
seguramente recordarán la escena final en la
que Cocoliso Cacapipí se encogía asustado bajo
el pie gigante del zombi Berto. Con seguridad
se quedaron horrorizados cuando el enorme
pie cayó contra el suelo, dejando tras de sí
una mancha roja pegajosa. Es posible que
comentaran qué poco apropiada era esa escena
tan sangrienta para un cuento de niños. Es
divertido sentirse un poco ofendido, ¿no?

Desafortunadamente, siento comunicarles que no hubo ningún asesinato al final de nuestro último libro. Ni siquiera hubo sangre. Lo que pasó al final de nuestra última historia es que los *engañamos*. Es lo que ocurre cuando te hacen creer que ocurrió algo que no ocurrió. Engañar es algo que ocurre mucho en la vida real, especialmente en la política, la historia, la educación, la medicina, el mercadeo, la ciencia, la religión y la televisión.

Con tanto engaño, la vida puede ser un poco desconcertante. Pero no se preocupen. Esta novela épica no contiene ningún engaño. Esta obra legendaria lo explicará todo, desde las recientes complejidades de nuestra narrativa hasta los inmensos misterios del universo. Cuando lleguen a la página 210, lo sabrán todo. ¡Serán genios! Serán más listos que el científico más brillante del mundo.

Así que, ¡empecemos!

Si han ido al zoológico, se habrán dado cuenta de que los animales grandes se mueven muy despacio. Fíjense, por ejemplo, en los elefantes. Nunca se mueven muy rápido, ni siquiera cuando tienen prisa. Es verdad que recorren mucha distancia, pero eso es porque son grandes. Si se pudiera encoger a un elefante y dejarlo del tamaño de un gato, se ASOMBRARÍAN al ver cuánto tardan en llegar de un sitio a otro. Son tan increíblemente lentos que seguro que en poco tiempo se cambiaría el título de la fábula "La tortuga y la liebre", por otro más apropiado: "El elefante miniatura y la liebre".

19

Pasa lo mismo con los zombis malvados del tamaño de un comedor de escuela. Es verdad que dan miedo y todo eso, pero se mueven muuuuuuuy despacio. Así que si alguna vez un zombi malvado levanta el pie e intenta aplastarte, no te preocupes. En realidad tienes unos cuantos minutos antes de estar realmente en peligro.

Cocoliso lo descubrió de la peor manera posible. Cuando el zombi Berto levantó el pie sobre su cabeza, Cocoliso gritó aterrorizado. Luego volvió a gritar... y volvió a gritar. Miró la hora en su reloj y volvió a gritar.

Al final Cocoliso se quedó ronco de tanto gritar, así que se incorporó y se dirigió hacia una de las pocas tiendas que quedaban en el planeta para comprar pastillas de cereza para la garganta.

Estando allí, se compró un traje y un corbatín, leyó parte de una revista y se dio un masaje en los pies. Cuando salía de la tienda, Cocoliso vio que había un paquete extra grande de salsa de tomate en rebaja. Lo compró y lo arrastró hasta la escena del crimen. El pie del zombi Berto todavía descendía lentamente, así que Cocoliso puso el paquete extra grande de salsa de tomate debajo del pie y se marchó.

Cocoliso se volvió a meter en sus Robopantalones justo en el momento en que el pie del zombi Berto golpeaba el pavimento y aplastaba el paquete de salsa de tomate. Una mancha roja brillante se extendió por debajo del zapato del zombi mientras los Robopantalones de Cocoliso desaparecían en un estallido de luz. Verán, la última vez que Cocoliso viajó al pasado había provocado por error un montón de problemas, así que tenía que *volver* de nuevo al pasado para intentar arreglarlo.

Pero antes de contarles esa historia, tengo que hacer *esta* advertencia...

CAPÍTULO 2
¡SEAMOS SERIOS, SEÑORES!

¿Se han dado cuenta alguna vez de que los adultos odian que los niños se diviertan? En serio, ¿cuándo fue la última vez que estaban haciendo algo divertido y llegó una persona mayor y les dijo que dejaran de hacerlo? Si son como la mayoría de los niños, seguramente están leyendo este libro porque algún adulto les dijo que dejaran de jugar con un videojuego o de ver la televisión.

Si no me creen, hagan este experimento: Llamen a varios de sus amigos, métanse en una sala y empiecen a jugar. ¡Hagan un poco de ruido! Empiecen a reírse, a gritar y digan "¡Yujú!" varias veces. Está comprobado científicamente que el 89,4 por ciento de las personas mayores dejará lo que esté haciendo para ir corriendo a decirles que dejen de hacer tonterías.

Uno no puede dejar de preguntarse por qué la mayoría de las personas mayores es así. ¿Acaso nunca fueron niños? ¿Acaso no disfrutaban riéndose, gritando y haciendo tonterías cuando eran jóvenes? Si es así, ¿cuándo cambiaron? ¿Y por qué?

Bueno, no puedo hablar en nombre de absolutamente *todas* las personas mayores, pero voy a hacerlo.

Creo que para los adultos es mucho más fácil fastidiar la diversión de otros que reflexionar sobre sus propias vidas para averiguar cuándo las cosas empezaron a salirles mal. Es demasiado deprimente para los mayores analizar las décadas de concesiones, fallos, pereza, miedo y decisiones equivocadas que poco a poco transformaron a niños adorables que corrían,

saltaban y reían en adultos gruñones, amargados y contadores de calorías; en ogros irascibles que exigen paz y silencio.

En otras palabras, cuesta más enfrentarse a uno mismo que gritar "¡CHICOS, CÁLLENSE YA!"

Teniendo esto en cuenta, sería mejor que no sonrieran ni rieran mientras leen este libro. Y cuando lleguen a las partes del Fliporama, sugiero que agiten las páginas con un gesto aburrido y desinteresado o, de lo contrario, es posible que algún adulto les quite el libro y los obligue a leer otro muy diferente sobre los buenos modales.

No digan que no les avisé.

CAPÍTULO 3
¡COCOLISO VUELVE DE NUEVO!

Cocoliso Cacapipí estaba metido en un buen lío. Se había enviado a sí mismo cinco años atrás y por casualidad había asustado a una pandilla de cuatro chicos abusones. Este error accidental desencadenó una serie de acontecimientos que terminaron con el despido del señor Carrasquilla. Y como no había señor Carrasquilla, no había Capitán Calzoncillos. Y como no había Capitán Calzoncillos, no había nadie que pudiera salvar al mundo de la terrible devastación causada por los villanos de las tres primeras novelas épicas.

Cocoliso decidió que solo podía hacer una cosa: retroceder en el tiempo e *impedirse* a sí mismo asustar a esos chicos. Pero para hacerlo, tenía que retroceder *más atrás* en el tiempo que la última vez.

Así que Cocoliso programó su Cacamóvil
Temporal para arribar diez minutos ANTES
que la última vez que viajó al pasado y apretó el
botón de "Allá vamos".

Después de varios segundos de efectos
especiales perfectos para la televisión, Cocoliso
se vio transportado a la horrible noche de la
terrorífica tormenta. Todo le resultaba familiar.
Sabía que en cualquier momento los cuatro
chicos saldrían corriendo de la escuela por el
campo de fútbol y entonces se darían de bruces
con él (bueno, con una versión ligeramente más
joven), y solo él podría impedir que todo esto
ocurriera.

Cocoliso se escondió detrás de la
escuela y esperó bajo el aullido feroz
del viento. De repente, un relámpago
deslumbrador dio en un cable eléctrico.
La escuela se quedó sin electricidad
y las ventanas se oscurecieron.

Cocoliso escuchó atentamente.
Oyó los aullidos, los golpes y los
empujones. Parecía que dentro de
la escuela se estaba produciendo
una terrible pelea. De repente,
la puerta de atrás se abrió de
golpe y los cuatro chicos
aterrorizados se abrieron
paso corriendo a toda
velocidad. Esta era la
oportunidad de Cocoliso.
Apuntó a los
abusones con su
Rayocongelador
4000 y los
cubrió con una
minimontaña
de hielo
molecularmente
alterado.

Los cuatro chicos quedaron congelados allí mismo. Cocoliso escaneó a los chicos con su sistema de reconocimiento de vida y vio que estaban perfectamente bien. El hielo, formado por carbonita y gas tibana, permanecería sólido durante quince minutos, justo el tiempo que él necesitaba.

Cocoliso se volteó hacia el campo de fútbol, donde una bola de relámpagos azules se hacía cada vez más grande. De repente, estalló con una luz cegadora.

Y allí, donde había estado la bola de
relámpagos, aparecieron un par de gigantescos
pantalones robóticos.

—Rayos, faltó poco —dijo una voz desde
las profundidades de los recién llegados
Robopantalones—. ¡El Capitán Calzoncillos es
mucho más fuerte de lo que pensaba!

La cremallera de los recién llegados
pantalones robóticos se abrió, y un hombre
diminuto se asomó para maravillarse ante el
mundo de cinco años antes.

Pero para su sorpresa, vio una copia idéntica de sí mismo mirándolo a los ojos mientras daba pataditas impacientes con *su* pie robótico gigante.

—¿Y *tú* quién eres? —preguntó el recién llegado Cocoliso.

—¡Yo soy *TÚ*! —gritó el Cocoliso que venía del futuro—. ¡Soy tú y vengo del futuro!

—¿Qué? —preguntó Cocoliso.

—¡Estoy aquí para impedir que asustes
a esos chicos! —gritó Cocoliso del futuro,
señalando a los chicos que estaban congelados.

—¿Por qué? —preguntó Cocoliso—. ¿Por
qué son tan importantes esos chicos?

—No tengo ni idea —dijo Cocoliso del
futuro—. ¡Solo sé que la última vez que
retrocedí en el tiempo asusté a esos chicos y eso
causó una reacción en cadena que tuvo como
resultado la destrucción total de la Tierra, más
o menos!

—Ya veo —dijo Cocoliso—. Entonces, ¿qué hacemos?

—Esos chicos se descongelarán en ocho minutos y once segundos —dijo Cocoliso del futuro mirando el reloj—. ¡Para ese entonces tenemos que habernos ido!

Buscó en la cabina de los Robopantalones una de sus primeras invenciones, el Cerdoencogetrón 2000. Cocoliso apuntó a la versión más joven de sí mismo y apretó el botón.

¡BLIZZZZRRAAAK!

Un poderoso rayo de energía cubrió al recién llegado Cocoliso Cacapipí (y sus Robopantalones) y los encogió dejándolos del tamaño de una pelota de béisbol.

Cocoliso Grande se agachó y agarró la versión diminuta de sí mismo.

—¿Por qué hiciste eso? —exclamó Cocoliso Pequeño.

—No podemos estar los DOS paseándonos por todas partes —dijo Cocoliso Grande—. ¡Tengo que vigilarte!

Cocoliso Grande se guardó a Cocoliso Pequeño en el bolsillo de la chaqueta y miró nuevamente la hora.

—¡Cuatro minutos y dieciséis segundos!
—murmuró.

Después miró a los cuatro chicos atrapados
en el montón de hielo que empezaba a
resquebrajarse. Entonces se volteó hacia su
Cacamóvil Temporal y lo programó con una
fecha en el futuro. Se acababa el tiempo. El
hielo alrededor de los chicos se desintegraba a
toda velocidad, así que Cocoliso se alejó hacia
el centro de la ciudad, apretó el botón de "Allá
vamos" y desapareció en una explosión de
relámpagos azules.

Dos segundos más tarde, la montaña de
hielo que atrapaba a los chicos se desintegró
por completo. Sin perder un instante, los cuatro
aterrorizados muchachos continuaron su huida
enloquecida de la escuela.

Mientras corrían por el campo de fútbol hacia su casa, algo en Luisón y sus amigos cambió para siempre. Nunca más volverían a ser los abusones despreciables que habían sido.

CAPÍTULO 4
ARREGLANDO EL FUTURO

Cocoliso Grande había programado su Cacamóvil Temporal para viajar a una soleada tarde de octubre, cuatro años en el futuro. Como siempre, llegó con una bola de luz que se hizo cada vez más grande hasta que estalló produciendo un relámpago cegador.

—¿Qué pasa ahí afuera? —gritó Cocoliso Pequeño—. ¡No veo nada!

—*¡Chisss!* —lo acalló Cocoliso Grande mientras empujaba a Cocoliso Pequeño al fondo del bolsillo de su chaqueta.

Cocoliso Grande escuchó con atención y oyó a un niño que decía:

—Esto no puede ser nada bueno.

Cocoliso bajó la cremallera de sus
Robopantalones y se asomó. Con satisfacción
comprobó que el mundo tenía el mismo aspecto
de siempre: no estaba destruido, no había
zombis enormes, no había rocas lunares. Todo
parecía bastante normal.

—¡Eh! ¡Es el profesor Pipicaca! —gritó
un niño pequeño a quien Cocoliso reconoció
inmediatamente.

Dos policías que estaban cerca se echaron a
reír y Cocoliso se enfadó.

—¡No se RÍAN! —gritó Cocoliso—. Mi
nombre ya no es profesor Pipicaca. ¡Ahora soy
Cocoliso Cacapipí!

Los dos policías se partieron de la risa.

—¡Y traigo una *sorpresa especial* para todo el que piense que mi NUEVO nombre es ridículo! —dijo el profesor lleno de furia.

Cocoliso apretó el botón de su Rayocongelador 4000, que emergió de las profundidades de sus Robopantalones. Programó el rayo a veinte minutos y disparó, transformando a los policías en estatuas de hielo.

—¡Mi Rayocongelador 4000 se ocupará de todo aquel que se cruce en mi camino! ¡Ha llegado la hora de mi *venganza*! —exclamó Cocoliso con una sonrisa malvada.

—¡AY, NO! —gritó Jorge.

—¡AQUÍ VAMOS OTRA VEZ! —aulló Berto.

Cocoliso persiguió a Jorge, Berto y sus dos
mascotas, Galletas y Chuli, por toda la ciudad,
disparando su Rayocongelador 4000 y riéndose
como un loco. La persecución duró toda la
tarde, hasta que se hizo de noche. Los cuatro
amigos se escondían detrás de los edificios,
dentro de las papeleras, debajo de los puentes,
incluso en las alcantarillas. Pero no importaba
donde se refugiaran, Cocoliso Cacapipí siempre
los encontraba.

A la mañana siguiente, nuestros héroes
habían encontrado un escondite detrás de unos
arbustos del parque.

—¿Qué vamos a hacer? —susurró Jorge—.
No hay ningún sitio más donde esconderse.

—No lo sé —susurró Berto.

Jorge y Berto miraron a sus dos mascotas,
que temblaban a su lado envueltas en la niebla
matinal.

—*Nosotros* no sobreviviremos —susurró
Jorge—. Pero Galletas y Chuli no deberían sufrir.

—Tienes razón —susurró Berto con los ojos
llorosos.

Jorge y Berto acariciaron con tristeza a sus
dos amigos mientras preparaban un plan para
volver a la era de los dinosaurios.

—Podríamos usar el Inodoro Morado
para llevar a Galletas de vuelta a donde lo
encontramos —dijo Jorge.

—¡Sí! —dijo Berto—. Y Chuli podría quedarse con él. ¡Los dos estarían a salvo!

En un momento en el que parecía que no había peligro, los cuatro amigos se escabulleron entre los arbustos y corrieron a la Escuela Primaria Jerónimo Chumillas, procurando evitar las calles principales y los cruces. Era casi el mediodía cuando Jorge, Berto y sus dos mascotas llegaron a la escuela. Entraron cautelosamente por la puerta principal y subieron a toda velocidad las escaleras hacia la biblioteca.

—¡USTEDES! —gritó el señor Carrasquilla muy enojado—. ¿DÓNDE ESTABAN?

Jorge y Berto se voltearon y vieron que el señor Carrasquilla llevaba una caja grande de cartón.

—¿Y BIEN? —gritó el señor Carrasquilla—. ¡VENGAN AQUÍ AHORA MISMO Y DENME UNA EXPLICACIÓN!

Jorge y Berto miraron a sus dos mascotas y continuaron subiendo las escaleras a toda velocidad.

El señor
Carrasquilla estaba
FURIOSO. Su día no
había empezado muy bien.
Por algún motivo desconocido,
las cortinas rojas de su oficina estaban
desapareciendo, y eso no le hacía ninguna
gracia. Así que había ido a la tienda a comprar
una caja de cortinas, se había peleado con la
cajera, se le había pinchado una rueda del auto
cuando volvía y ahora estos niños *traviesos* que
traían *animales* a la escuela *no obedecían* sus
órdenes y *corrían* por las escaleras.

—¡NIÑOS, VUELVAN ACÁ! —gritó el señor
Carrasquilla, y empezó a perseguir a los cuatro
aterrados amigos.

Jorge, Berto, Galletas y Chuli subieron
a toda velocidad, entraron corriendo en la
biblioteca y cerraron la puerta.

Allí guardaban su vieja y temible némesis, el Inodoro Morado. Era una máquina del tiempo casera que tenía algunas peculiaridades, por decirlo de una manera delicada, y nuestros héroes se acercaron con cautela.

—¿Recuerdas cómo se usa esta cosa? —preguntó Berto.

—Por supuesto —dijo Jorge—. ¡La usamos ayer por la mañana! Solo hay que programar el reloj a hace sesenta y cinco millones de años y halar la cadena. ¡Preparados, halados, enviados!

En ese momento, el señor Carrasquilla llegó a la biblioteca y trató de abrir la puerta. Los chicos oyeron el sonido del pomo de la puerta y luego un tintineo de llaves.

—¡Que empiece la fiesta! —gritó Jorge.

Los cuatro amigos se metieron en el
Inodoro Morado. En ese preciso instante, el
señor Carrasquilla dio un fuerte empujón a la
puerta de la biblioteca y entró con la caja de
cortinas rojas. Corrió hasta el Inodoro Morado y
comenzó a golpear la puerta.

—¡SÉ QUE ESTÁN AHÍ DENTRO! —gritó—.
¡NO PUEDEN ESCONDERSE DE MÍ PARA
SIEMPRE!

—¡Rápido! —gritó Berto mientras
Jorge luchaba con los controles—.
¡Tenemos que irnos!

—¡Voy lo más rápido que
puedo! —gritó Jorge.

De repente, una sombra gigante inundó
la biblioteca. El señor Carrasquilla se volteó
y vio un par de pantalones robóticos gigantes
en la ventana. La cremallera se bajó y Cocoliso
Cacapipí se asomó por la abertura.

—¡TE TENGO! —gritó—. ¡JA, JA, JA!

Cocoliso alargó la mano para apretar el
botón de su Rayocongelador 4000 mientras el
señor Carrasquilla se encogía muerto de terror.

En ese momento, Jorge terminó de poner el
control en hace sesenta y cinco millones
de años y haló la cadena.

De repente, estalló un relámpago de luz verde y el Inodoro Morado, juntó con el señor Carrasquilla y su caja de cartón, desaparecieron en un remolino de ozono electrificado.

CAPÍTULO 5

LA TREMENDA TAREA
DE COCOLISO PEQUEÑO

—¡RAYOS! —aulló Cocoliso al ver desaparecer el Inodoro Morado—. ¡Esos chicos tienen una máquina del tiempo y ahora no sé a dónde fueron!

—¿Qué está pasando? —gritó Cocoliso Pequeño desde las profundidades del bolsillo de Cocoliso Grande—. ¡No veo nada!

—Los chicos huyeron en una máquina del tiempo —espetó Cocoliso a la versión diminuta de sí mismo—. ¡Y se llevaron al Capitán Calzoncillos con ellos!

—¿Adónde fueron? —preguntó Cocoliso Pequeño.

—¡Y yo qué sé! —vociferó Cocoliso Grande.

—¡Tengo una idea! —dijo Cocoliso Pequeño—. ¿Por qué no viajo yo al pasado y lo descubro?

—¡Buena idea, yo! —dijo Cocoliso Grande. Se agachó y depositó a Cocoliso Pequeño en la biblioteca—. Viaja al pasado de hace diez minutos y escucha todo lo que dijeron. ¡Luego, cuando yo aparezca, dime adónde se fueron!

—¡Eso! —dijo Cocoliso Pequeño, e inmediatamente se dio a la tarea de programar su Cacamóvil Temporal a "hace diez minutos".

Un instante y varios destellos azules después, había desaparecido.

Cocoliso Pequeño llegó al mismo lugar del que había partido, solo que diez minutos antes. Oyó que alguien corría escaleras arriba y se escondió detrás del bote de basura. De repente, Jorge, Berto y sus dos mascotas entraron a toda velocidad y cerraron la puerta con llave.

Cocoliso Pequeño vio a los niños acercarse con cautela al inodoro alto que era la máquina del tiempo.

—¿Recuerdas cómo se usa esta cosa? —preguntó Berto.

—Por supuesto —dijo Jorge—. ¡La usamos ayer por la mañana! Solo hay que programar el reloj a hace sesenta y cinco millones de años y halar la cadena. ¡Preparados, halados, enviados!

—¡AJÁ! —murmuró Cocoliso Pequeño—. ¡Viajan a la Era Mesozoica!

Cocoliso Pequeño vio a los cuatro amigos subir a la máquina del tiempo. Vio al señor Carrasquilla abrir la puerta de la biblioteca de un empujón y golpear la puerta del Inodoro Morado. Y luego se vio a sí mismo (es decir, a la versión grande de sí mismo) aparecer en la ventana.

—¡TE TENGO! —gritó Cocoliso Grande—.
¡JA, JA, JA!

De repente, estalló un relámpago de luz
verde y el Inodoro Morado, con el señor
Carrasquilla y su caja de cartón, desaparecieron
en un remolino de ozono electrificado.

—¡RAYOS! —aulló Cocoliso al ver
desaparecer el Inodoro Morado—. ¡Esos chicos
tienen una máquina del tiempo y ahora no sé a
dónde fueron!

—Yo sí lo sé —dijo Cocoliso Pequeño,
saliendo de detrás del bote de basura.

—¿Y tú quién eres? —preguntó Cocoliso Grande.

—¡Soy Cocoliso Pequeño! —dijo Cocoliso Pequeño.

—¡Imposible! —exclamó Cocoliso Grande—. ¡Cocoliso Pequeño está aquí! —dijo mientras metía la mano en el bolsillo y sacaba la versión en miniatura de sí mismo, que estaba quejándose porque no veía nada.

—Yo soy diez minutos más viejo que ese tipo —dijo Cocoliso Pequeño—. Me enviaste de vuelta al pasado para averiguar a dónde fueron esos niños.

—¡Ah, ya entiendo! ¡Qué buena idea tuve! —dijo Cocoliso Grande—. ¿Adónde fueron?

—Retrocedieron en el tiempo sesenta y cinco millones de años —dijo Cocoliso Pequeño.

—¡AJÁ! —dijeron a la vez Cocoliso Grande y Cocoliso Pequeño Ligeramente Más Joven—. ¡Viajaron a la Era Mesozoica!

Cocoliso Grande agarró a Cocoliso Pequeño y lo metió en el bolsillo junto a Cocoliso Pequeño Ligeramente Más Joven.

—Vayamos todos a la era de los dinosaurios, ¿de acuerdo? —dijo—. Si programamos bien el tiempo, ¡podemos llegar un poco antes que ese Inodoro Morado!

CAPÍTULO 6
HACE 65 MILLONES DE AÑOS

El cielo primitivo del mediodía se iluminó con
varios relámpagos cuando el Inodoro Morado
apareció de repente sobre un árbol prehistórico.
Jorge y Berto habían logrado llevar a Galletas
a donde lo habían encontrado. Pero cuando
abrieron la puerta del Inodoro Morado
descubrieron que también habían arrastrado a
un polizón.

—¿QUÉ DEMONIOS PASA AQUÍ? —vociferó
el señor Carrasquilla, colgado de una rama alta
del árbol.

—¡Ay, NO! —gritó Jorge—. El señor
Carrasquilla debía de estar muy cerca del
Inodoro Morado cuando retrocedimos en el
tiempo y ¡fue transportado con nosotros!

Berto alargó la mano para sujetar al señor
Carrasquilla.

—No creo que pueda pasar nada peor —dijo.

De repente, el árbol empezó a estremecerse.
¡BUM, BUM, BUM!

Jorge y Berto se asomaron y vieron los pantalones robóticos gigantes de Cocoliso dándole patadas al árbol.

—¡Pero qué hace ÉL aquí! —gimió Berto.

—No sé —respondió Jorge—, ¡pero creo que nos vamos a caer!

Las terribles patadas continuaron y el
árbol se agitaba violentamente. Finalmente, el
Inodoro Morado se deslizó y comenzó a caer.

—¡Estamos PERDIDOS! —gritó Berto
mientras caían.

El Inodoro Morado se rajó y se partió
en dos al chocar contra algunas ramas. El
señor Carrasquilla también iba en descenso,
golpeándose con todas y cada una de las
ramas que encontraba a su paso. De repente,
el Inodoro Morado chocó contra el suelo y se
rompió en mil pedazos.

El señor Carrasquilla también chocó contra el suelo, pero para su sorpresa, no se hizo daño.

Cocoliso Grande pateó los restos del Inodoro Morado, pero no encontró rastro de Jorge, de Berto ni de sus mascotas.

—¿Dónde están? —preguntó.

—¡Mira! ¡Allá arriba! —gritaron los dos Cocolisos Pequeños asomados por el bolsillo de Cocoliso Grande.

En el último momento, Galletas había salvado a Jorge, Berto y Chuli.

—¡Bien hecho, Galletas! —exclamó Jorge—. ¡Nos salvaste!

—¡NO POR MUCHO TIEMPO! —gritó furioso Cocoliso Grande, asomándose por una compuerta de la parte superior de sus Robopantalones.

Jorge y Berto miraron al señor Carrasquilla,
que seguía sin entender cómo había podido caer
desde semejante altura sin hacerse daño. Los dos
niños chascaron los dedos a la vez.

Al instante, el señor Carrasquilla sonrió
amablemente y empezó a quitarse los zapatos
y los calcetines, a desabrocharse la corbata y a
desabotonarse la camisa. Tomó una cortina roja
de la caja de cartón que tenía al lado y se la ató
alrededor del cuello mientras se deshacía de los
pantalones.

¡El Capitán Calzoncillos había VUELTO!
¡Cocoliso Cacapipí y sus dos gemelos pequeños
podían prepararse para la gran pelea de sus vidas!

CAPÍTULO 7
DOS PEQUEÑOS TRAIDORES

Jorge y Berto corrieron por la jungla con Galletas y Chuli volando sobre sus cabezas.

El Capitán Calzoncillos decidió ir con ellos, solo por pasar un buen rato.

Cocoliso Grande saltó sobre el lomo de un Tiranosaurio rex que había por allí cerca y los persiguió.

—¡NO PUEDEN CORRER PARA SIEMPRE! —gritó Cocoliso Grande—. ¡Cuando los atrape, los haré pedazos!

—¿Podemos ayudar? —preguntaron los dos Cocolisos Pequeños desde el bolsillo.

—¡NO! —gritó Cocoliso Grande molesto—. Ustedes cállense mientras yo me ocupo de todo. ¡Esta es una tarea para un *HOMBRE*, no para dos pequeños papanatas como ustedes!

Mientras la persecución continuaba, los dos Cocolisos Pequeños mascullaban entre sí.

—¡Chico, estoy harto de este estúpido gigantón diciéndonos lo que tenemos que hacer! —dijo Cocoliso Pequeño.

—¡Yo también! —dijo Cocoliso Pequeño Ligeramente Más Joven—. ¡Se cree alguien muy importante solo porque es *ENORME*!

—Cómo me gustaría tener a mano mi Gansoestirotrón 4000 para hacerme grande otra vez —dijo Cocoliso Pequeño.

—¡Estaba pensando exactamente lo mismo! —dijo Cocoliso Pequeño Ligeramente Más Joven—. Pero por desgracia lo guardamos en la estantería superior de nuestro Robotraje y el Capitán Calzoncillos lo destruyó en el capítulo ocho de nuestra última novela épica.

—¡Oye! —gritó Cocoliso Pequeño—. ¿Por qué no retrocedemos en el tiem… quiero decir, viajamos al futuro, al capítulo ocho de nuestra última novela épica? ¡Podríamos agarrar el Gansoestirotrón 4000 y hacernos *GIGANTES*!

—¡Me gusta como piensas, yo! —dijo Cocoliso Pequeño Ligeramente Más Joven.

Así que mientras Cocoliso Grande perseguía a todo el mundo por las peligrosas selvas del período Cretácico, los dos Cocolisos Pequeños programaron sus cacamóviles temporales a la noche de la gran batalla del capítulo ocho de nuestra última novela épica. Cocoliso Grande estaba tan enfrascado en la persecución de nuestros héroes que no se dio cuenta de las diminutas chispitas azules que salían de su bolsillo mientras sus malvados dobles desaparecían en un remolino de troposfera primitiva.

CAPÍTULO 8
MISIÓN IMPROBABLE

Al instante, los dos Cocolisos Pequeños viajaron al futuro y se encontraron metidos hasta la rodilla en algo cremoso, con coco y malvaviscos.

—Cariño —dijo una mamá que estaba poniendo la mesa—. Dos diminutos pares de pantalones caminan por la ensalada.

—¿Ah, *sí*? —replicó su hijo—. ¡Y soy *yo* el que va al psicólogo!

Cocoliso Pequeño y Cocoliso Pequeño
Ligeramente Más Joven salieron del cuenco
quitándose los pedazos de piña y de mandarina
que se les habían pegado a las piernas. Luego
saltaron al suelo y se deslizaron por el buzón de
la puerta principal.

Afuera oyeron el estruendo de la terrible
batalla entre el Capitán Calzoncillos y
Cocoliso Grande. Los dos Cocolisos Pequeños
corrieron al campo de fútbol donde el
Capitán Calzoncillos empezaba a arrancar los
Robobrazos de Cocoliso.

Uno por uno, los remaches del grueso cinturón de Cocoliso empezaron a desprenderse. El Capitán Calzoncillos siguió tirando del Robotraje hasta que este se partió por la mitad produciendo un terrible *¡CLONC!*

Cocoliso Pequeño y Cocoliso Pequeño Ligeramente Más Joven corrieron hasta el lugar donde el Capitán Calzoncillos había arrojado la parte de arriba del Robotraje. Buscaron a toda velocidad entre el metal retorcido hasta que encontraron lo que estaban buscando: el Gansoestirotrón 4000.

Afuera, oyeron el crujido de Cocoliso Grande enviándose a sí mismo al pasado. Una luz cegadora iluminó el cielo nocturno mientras los dos Cocolisos Pequeños sacaban el Gansoestirotrón 4000 de los restos de chatarra y lo cargaban a través del estacionamiento.

Un poco después, llegaron a una calle
oscura detrás de unos viejos almacenes.

—Bueno —dijo Cocoliso Pequeño—.
Dispárame a mí, y luego yo te disparo a ti.

—¡Oye! —dijo Cocoliso Pequeño Ligeramente
Más Joven—. ¿Por qué *tú* primero?

—Porque yo soy un poco mayor que tú —dijo
Cocoliso Pequeño— y un poco más maduro.

—De acuerdo, de acuerdo —dijo Cocoliso
Pequeño Ligeramente Más Joven, que no podía
negar que Cocoliso Pequeño era efectivamente
diez minutos más maduro que él—. ¡Hagámoslo
y acabemos de una vez!

Apuntó el Gansoestirotrón 4000 hacia
Cocoliso Pequeño y saltó sobre el botón.

Y antes de que pudiera decir
"GLUUUSSSSRATATAK", un rayo de energía
cubrió a Cocoliso Pequeño, haciéndolo crecer
hasta medir treinta pies de altura.

—¡Dispara otra vez! —dijo Cocoliso Pequeño.

—De acuerdo —dijo Cocoliso Pequeño Ligeramente Más Joven—, pero luego me dispararás a mí, ¿verdad?

—¡Claro, claro! —dijo Cocoliso Pequeño—. ¡Te lo prometo!

¡GLUUUSSSSRATATAK!, estalló otro reluciente rayo de energía. Esta vez, Cocoliso Pequeño creció hasta medir sesenta pies de altura.

—¡JA, JA, JA! —rió—. ¡MIREN TODOS! ¡HE RENACIDO COMO *SUPER MEGA COCOLISO*!

—¡Me toca a mí, me toca a mí! —exclamó Cocoliso Pequeño Ligeramente Más Joven.

Super Mega Cocoliso alargó la mano y agarró el Gansoestirotrón 4000. Lo metió en el espacio para los vasos que había en su panel de control mientras le decía adiós con la mano a Cocoliso Pequeño Ligeramente Más Joven.

—¡OYE! —exclamó Cocoliso Pequeño Ligeramente Más Joven—. ¿Y YO qué?

—Lo siento —dijo Super Mega Cocoliso—, ¡¡¡pero este trabajo es para un *HOMBRE*, no para un papanatas como tú!!!

CAPÍTULO 9

MIENTRAS TANTO, HACE SIETE PÁGINAS...

Sesenta y cinco millones de años antes,
Cocoliso Grande había perseguido a nuestros
héroes hasta el escarpado borde de un
precipicio. En el fondo del precipicio había
un lago. Galletas agarró a Jorge y Berto por
el cuello de la camisa y todos volaron sobre el
vacío y se unieron al Capitán Calzoncillos
en las nubes.

El Tiranosaurio rex de Cocoliso Grande se detuvo en seco al borde del precipicio y rugió ferozmente a los cinco amigos que flotaban en el aire.

—¡Ganamos! —dijo el Capitán Calzoncillos—. ¡Ahora nos toca a nosotros perseguirte a ti!

—¡Esto no es un *juego*! —gritó Cocoliso Grande—. ¡Esto es algo muy *serio*!

Saltó del cuello del Tiranosaurio rex y agarró al Capitán Calzoncillos con su Agarrador Mecánico Extenso-Flexible patentado. Juntos, descendieron en picado mil pies hasta zambullirse en el lago.

Cuando salieron de las profundidades del lago, algo había cambiado. Cocoliso seguía siendo tan malvado como siempre, pero el Capitán Calzoncillos parecía distinto.

—¿QUÉ DEMONIOS PASA AQUÍ? —vociferó el héroe con cara enfadada.

—¡Ay, NO! —exclamó Jorge—. ¡El Capitán Calzoncillos se mojó la cabeza y ahora vuelve a ser el señor Carrasquilla!

—¡Rápido, Galletas! —gritó Berto—. ¡Bájanos tan rápido como puedas!

Galletas planeó hacia la titánica lucha que se libraba abajo mientras los niños chascaban los dedos con todas sus fuerzas.

Pero no sirvió de nada. El señor Carrasquilla tenía la cabeza empapada, así que no podía convertirse de nuevo en el Capitán Calzoncillos.

—¡Pero bueno, miren lo que *acabo* de descubrir! —exclamó Cocoliso Grande—. ¡Cuando se moja, el Capitán Calzoncillos se convierte en un viejo cascarrabias!

—¡Déjalo tranquilo! —aulló Jorge, que seguía chascando los dedos en vano.

—¡Eso! —exclamó Berto—. ¡Ya no es una pelea justa!

—¡Rayos! —dijo Cocoliso Grande con incredulidad—. ¡Debe de ser el superhéroe *más fácil* de derrotar del mundo! ¡¡¡Podía haberlo destruido con una *PISTOLA DE AGUA*!!!

De repente, un relámpago cegador iluminó
el mundo a su alrededor. Después se escucharon
unos terribles, ensordecedores y estrepitosos
pasos que hacían temblar la tierra con cada
pisada. Finalmente, una sombra gigantesca se
extendió sobre el lago. Cocoliso Grande alzó la
mirada.

Era Super Mega Cocoliso.

—¡Oye! —gritó Cocoliso Grande, e
inmediatamente revisó su bolsillo y se dio
cuenta de que estaba vacío—. ¿De dónde vienes?
¿Cómo creciste tanto? ¿Dónde está el otro?

—Nada de eso importa ahora —dijo Super
Mega Cocoliso—. ¡Lo único que importa *ahora*
es quién manda aquí!

—¡No lo vas a creer! —dijo Cocoliso Grande, sin hacer caso a su doble diabólico—. ¡Acabo de descubrir que si mojas al Capitán Calzoncillos, pierde sus superpoderes!

—¿Su debilidad es el *AGUA*? —preguntó Super Mega Cocoliso—. ¿*De verdad*?

—Sí, ya sé —dijo Cocoliso Grande—. ¡Yo tampoco podía creerlo! Bueno, voy a destruirlo enseguida y luego podemos irnos de aquí y dominar el mundo y todo eso.

—*Tú* no vas a destruirlo —dijo Super Mega Cocoliso—. Yo lo haré.

—No, un momento, chico —dijo Cocoliso Grande—. *Yo* lo atrapé, así que *yo* lo destruiré.

—¿Ah, sí? —dijo Super Mega Cocoliso con un rugido que hizo que la superficie del lago temblara—. ¡Bueno, soy más grande que tú, así que *yo* decidiré quién destruye a quién!

Dio un paso gigantesco hacia Cocoliso Grande y alargó su Agarrador Mecánico Extenso-Flexible.

—¡No tan rápido! —gritó Cocoliso Grande, y pulsó un botón de su panel de control.

Los pantalones del robot de Cocoliso Grande comenzaron a bajarse por atrás y un brazo gigante de metal emergió de las profundidades del trasero del Robotraje con una bomba termonuclear de cuarenta toneladas.

—¡Da un paso más y todos volaremos en pedacitos! —dijo Cocoliso Grande.

—¡Has olvidado algo! —gritó Super Mega Cocoliso—. ¡Yo también tengo una bomba y es MUCHO más grande que la tuya!

Super Mega Cocoliso dio un paso más y Cocoliso Grande pulsó un botón.

De repente, una luz roja se encendió a un lado de la bomba. Una voz de computadora que provenía de la bomba inició la cuenta regresiva:

"Esta bomba estallará en sesenta segundos", dijo la voz.

—¡PUL… *PULSASTE EL BOTÓN*! —gritó Super Mega Cocoliso con incredulidad—. ¡NO PUEDO CREER QUE *PULSARAS EL BOTÓN*!

—¡No me importa! —gritó Cocoliso Grande—. ¡Llevo años preparando mi venganza! ¡No permitiré que me robes este momento! ¡No me importa si me muero yo también!

"Esta bomba estallará en cuarenta y cinco segundos", dijo la bomba.

—No podemos apagar las bombas, ya lo sabes —dijo Super Mega Cocoliso—. Cuando comienza la cuenta regresiva, ¡todo *TERMINÓ*!

—¡Ya *te dije* que no me importa! —dijo Cocoliso Grande—. ¡Solo quiero ser quien FINALMENTE DESTRUYA AL CAPITÁN CALZONCILLOS!

Super Mega Cocoliso alargó el Agarrador
Mecánico Extenso-Flexible y liberó al Capitán
Calzoncillos.

—¡OYE! —gritó Cocoliso Grande—. ¿Qué
haces?

—¡Ahora es MÍO! —dijo Super Mega
Cocoliso mientras se preparaba para dar una
patada.

—¿Y yo? —dijo Cocoliso Grande—. ¿Y mi
bomba?

—¡Ese es tu problema! —dijo Super Mega
Cocoliso dándole una superpatada a Cocoliso
Grande con todas sus fuerzas.

CAPÍTULO 10

POR QUÉ SE EXTINGUIERON LOS DINOSAURIOS

—¡Noooo! —gritó Cocoliso Grande mientras surcaba las nubes a una velocidad alucinante.

"**Esta bomba estallará en treinta segundos**", dijo la bomba.

Cocoliso Grande atravesó Norteamérica
volando a toda velocidad por la estratosfera.

"Esta bomba estallará en quince segundos",
dijo la bomba.

Comenzó a perder altura cuando volaba
sobre el Golfo de México.

"Esta bomba estallará en cinco segundos",
dijo la bomba.

"4... 3... 2... 1..."

Finalmente, Cocoliso Grande aterrizó junto a la costa de la península de Yucatán produciendo un violento y colosal chapuzón (como se puede ver abajo).

¡PLIS!

La tremenda explosión arrancó un pedazo de la Tierra de quince millas de profundidad y más de sesenta millas de diámetro. Terremotos terribles agitaron todo el planeta y un tsunami gigantesco levantó cortinas de agua de mar que arrasaron los continentes.

—¿Qué pasa? —preguntó Jorge.

—¡Es esa estúpida bomba nuclear! —gritó Super Mega Cocoliso—. Acaba de provocar el inicio de la Era Cenozoica. ¡Así que me voy pitando de aquí no vaya a ser que me *extinga*!

Super Mega Cocoliso programó su Cacamóvil Temporal para 64.793.216 años en el futuro y pulsó el botón de "Allá vamos".

Al instante, los Robopantalones de Super
Mega Cocoliso empezaron a disparar enormes
relámpagos y una esfera de luz azul lo envolvió
por completo.

—¡Rápido, Galletas! —gritó Berto bajo una
lluvia de cenizas volcánicas que empezaba a
bloquear el sol—. ¡Vuela hacia la luz azul! ¡Es
nuestra única oportunidad de escapar!

Galletas apuntó su largo cuello de reptil
hacia el globo chisporroteante y los cuatro
amigos volaron hacia abajo, hacia los cegadores
relámpagos azules.

CAPÍTULO 11

HACE 206.784 AÑOS

Un rayo de luz blanca iluminó la bruma del mediodía del Pleistoceno. El lago de cristalinas aguas azules había desaparecido. En su lugar había una vasta sabana que se extendía hasta unas colinas boscosas y cuevas excavadas en la piedra. Solo se escuchaba el ruido producido por los insectos, el cantar de los pájaros y un débil retumbar rítmico que sonaba a lo lejos, en el bosque.

—¿Dónde estamos? —preguntó Jorge.

—Creo que sería mejor preguntar en *qué época* estamos —dijo Berto.

—Vaya, vaya, vaya —dijo Super Mega
Cocoliso sorprendido de ver a Jorge, Berto,
Galletas y Chuli—. ¡Parece que tenemos cuatro
polizones!

Pero Super Mega Cocoliso no se dio cuenta
de que tenía un *quinto* polizón. Era Cocoliso
Pequeño Ligeramente Más Joven, que, en ese
preciso momento, bajaba con cautela por un
botón de la camisa de Super Mega Cocoliso.

—Este *Estúpido* Mega Cocoliso cree que puede *engañarme* y salirse con la suya —dijo Cocoliso Pequeño Ligeramente Más Joven saltando sobre el panel de control del Robotraje de Mega Cocoliso—. ¡Le daré una lección que nunca olvidará!

Cocoliso Pequeño Ligeramente Más Joven se introdujo por una ventilación de aluminio y se deslizó fácilmente en el interior lleno de cables del panel de control. Primero invirtió la polaridad de los cables del inhibidor emulgenente con pestaña fósil. Después intercambió los cables azul y verde del tracto macfracionalizador con coabulación inversa. Para terminar cortó todos los cables del botón de apagado del Rayocongelador 4000.

—¡Ja, ja, ja! —rió Cocoliso Pequeño Ligeramente Más Joven—. La próxima vez que ese gigantesco idiota utilice su Rayocongelador 4000, ¡se llevará una ENORME SORPRESA!

Mientras tanto, el drama afuera se estaba poniendo serio. Super Mega Cocoliso intentaba atrapar a nuestros héroes mientras ellos planeaban con valentía por el cielo jónico. Galletas volaba, planeaba y hacía todo tipo de piruetas aéreas mientras el Agarrador Mecánico Extenso-Flexible zumbaba detrás.

Pero Super Mega Cocoliso perdió la paciencia, así que soltó dos Agarradores Mecánicos Extenso-Flexibles *más*. El pobre Galletas no pudo esquivarlos a todos y los cuatro amigos fueron capturados.

—¡LOS ATRAPÉ! —gritó Super Mega Cocoliso.

—¡Oye, MIRA! —dijo Jorge, señalando detrás de Super Mega Cocoliso—. ¡Allí abajo hay un grupo de cavernícolas mirándonos!

—¡Ese truco es *muy* viejo! —dijo Super Mega Cocoliso—. ¡En cuanto me voltee intentarán escapar!

—¡No, EN SERIO! —gritó Berto—. ¡No es mentira! ¡Mira detrás de ti!

Super Mega Cocoliso se volteó y vio que los niños estaban diciendo la verdad. Detrás de ellos, en el lindero del bosque, había una docena de cavernícolas que miraban hacia arriba perplejos y boquiabiertos.

—Ver cavernícolas no debería sorprenderlos, niños —dijo Super Mega Cocoliso mientras observaba a la extraña gente prehistórica—. Estamos en pleno Pleistoceno, la época en la que aparecieron las primeras familias de humanos en la Tierra. ¿A que ustedes, estúpidos niños, no lo sabían?

Super Mega Cocoliso se volteó y les sonrió con suficiencia a Jorge y Berto, pero por supuesto, ya ellos habían desaparecido. Chuli había mordido tres Agarradores Mecánicos Extenso-Flexibles y los cuatro amigos habían huido.

—¡*NOOOOOOOOOO*! —gritó Super Mega Cocoliso mientras pateaba el suelo con sus pies gigantes, presa de la frustración.

Los estupefactos cavernícolas corrieron aterrorizados a refugiarse en sus hogares en lo más profundo del bosque.

Super Mega Cocoliso tomó una gruesa enredadera y ató al señor Carrasquilla a una roca bajo una cascada.

—Quédate ahí —le dijo—. ¡Estarás mojado y sin poderes hasta que yo vuelva!

Después, se adentró a toda velocidad en el bosque, buscando a Jorge, Berto y sus mascotas.

CAPÍTULO 12

LLAMANDO A TODOS LOS CAVERNÍCOLAS

—¿Cómo vamos a escapar de *ESTE* lío?
—preguntó Berto.

—No lo sé —dijo Jorge—, ¡pero necesitamos a Cocoliso Cacapipí si queremos volver a casa!

—¿Estás bromeando? —dijo Berto—. ¡No podemos confiar en ese tipo! ¡Ni siquiera puede fiarse de *sí mismo*!

—Lo sé —dijo Jorge—. Pero Cocoliso tiene una máquina del tiempo y nosotros no. ¡Así que tenemos que vencerlo!

—¡Pero necesitaremos un ejército para vencer a ese tipo! —dijo Berto.

—Entonces, busquemos un ejército —dijo Jorge.

Los cuatro amigos planearon sobre las llanuras de hierba, siguiendo el sonido de los tambores. Enseguida llegaron al bosque. Los tambores se oían cada vez más cerca. Galletas bajó planeando y aterrizó sobre unos arbustos. Justo detrás estaba la aldea de los cavernícolas.

Jorge, Berto, Galletas y Chuli se asomaron entre los arbustos y observaron a los cavernícolas realizar sus tareas cotidianas. Parecían pacíficos, así que Jorge decidió hablarles.

—¡Hola! —dijo Jorge—. ¡Venimos en son de paz! ¡Somos amigos!

Los cavernícolas los miraron perplejos.

—A lo mejor no hablan nuestro idioma —dijo Berto.

—¡Hofola! —dijo Jorge, que solo hablaba un idioma adicional—. Vefenifimosfos enfen pazfaz. Sofomofos afamifigofos.

Pero eso tampoco funcionó.

Los cavernícolas emitieron gruñidos y comenzaron a olfatear a Jorge, Berto y sus mascotas.

Pero no dijeron nada.

De repente, se escuchó el retumbar de pasos gigantescos.

Cocoliso se acercaba, y avanzaba a gran velocidad.

—¡SÉ QUE ESTÁN EN ESA ALDEA! —gritó Cocoliso—. ¡¡¡Pero no podrán esconderse de MÍ!!!

Cocoliso se abrió paso entre
los árboles y entró pisoteando la
aldea, dando patadas a las cabañas y
destruyendo todo lo que encontraba a su paso.
Los aterrorizados cavernícolas tomaron a sus
niños y corrieron a refugiarse en cuevas. Jorge,
Berto, Galletas y Chuli también corrieron a las
cuevas y se escondieron en la oscuridad junto
a los cavernícolas mientras afuera seguía la
destrucción.

Después de un rato,
unos jóvenes cavernícolas
prendieron una hoguera. La luz
parpadeante de las llamas iluminaba las
paredes rocosas mientras los cavernícolas
lloriqueaban y se abrazaban muertos de miedo.

—¡Madre mía! —dijo Jorge—. ¡*Menudo*
ejército!

—No es culpa suya —dijo Berto—. Nunca
habían visto unos Robopantalones gigantes.
Simplemente tienen miedo.

—Si al menos pudiéramos comunicarnos
con ellos —dijo Jorge—. ¡Tiene que haber
alguna manera!

—¿Y con dibujos? —preguntó Berto mirando
las enormes paredes de la cueva.

—¡Qué buena idea! —dijo Jorge.

Berto se acercó a la hoguera y agarró un palo chamuscado de entre los troncos que ardían. Luego se acercó a una pared de la enorme cueva y empezó a crear la primera pintura rupestre.

Al principio, los cavernícolas lo miraban estupefactos. Nunca habían visto a nadie pintar. Se reían, señalaban y saltaban cada vez que Berto dibujaba algo nuevo.

Pero cuando Berto dibujó
a Cocoliso y sus Robopantalones,
los cavernícolas sintieron miedo. Gruñeron
nerviosos y bajaron la cabeza sumisos.

—Vaya —dijo Berto—. ¿Cómo los
convenceremos?

—¡Ya sé! —dijo Jorge—. ¡Hagamos un cómic
sin diálogos! ¡Eso lo entenderán!

—¡Buena idea! —dijo Berto—. ¡Manos a la
obra!

Así que Jorge y Berto buscaron una escalera
y empezaron a crear el primer cómic de la
historia.

Los cavernícolas observaban con emoción
mientras Jorge y Berto contaban su relato.
Enseguida, su actitud hacia Cocoliso y sus
Robopantalones empezó a *evolucionar*.

CAPÍTULO 13

EL CÓMIC MÁS ANTIGUO
DE LA HISTORIA
(PROTAGONIZADO POR UUK Y GLUK)

CAPÍTULO 14

LA LUCHA DE LOS CAVERNÍCOLAS

Cuando los cavernícolas "leyeron" el cómic cavernario de Jorge y Berto, dejaron de temer a Cocoliso y sus Robopantalones. Ahora se sentían inspirados.

Se dividieron rápidamente en grupos y empezaron a planear el contraataque. Jorge y Berto miraban mientras los cavernícolas dibujaban elaborados planes con los troncos chamuscados de la hoguera. Aunque solamente emitían gruñidos y gemidos, todos comprendían los cómics y sabían lo que debían hacer.

No tardaron en ponerse de acuerdo, chocar las manos y salir con sigilo de la cueva. Los cavernícolas corrieron montaña arriba, atando enredaderas entre los árboles, arrojando cáscaras de banana por todas partes y poniendo trampas donde se les ocurría.

Cuando todo estuvo listo, Jorge, Berto y Chuli saltaron al lomo de Galletas y sobrevolaron la cueva hasta donde estaba Cocoliso, todavía ocupado en la destrucción de la aldea.

—¡Oye, COCOLISO! —llamó Jorge—. ¿Dónde te has metido? ¡Te vas a perder la diversión!

Cocoliso se volteó a toda velocidad y empezó a perseguir a los cuatro amigos, que lo llevaron directamente a las trampas de los cavernícolas.

Mientras Cocoliso corría, miró al suelo y vio una enredadera atada a dos árboles. Cocoliso se detuvo de golpe.

—¡Ja, ja, ja! ¿Creyeron que iba a caer en ESA trampa? —dijo riendo, saltando sobre la enredadera…

y aterrizando sobre un montón de cáscaras de
banana.

—¡Ahhhh! —gritó Cocoliso al estrellarse
contra el suelo. Después, empezó a resbalar
colina abajo en dirección a un precipicio.

—¡NOOOOO! —gimió Cocoliso,
deslizándose cada vez más rápido.
Finalmente, Cocoliso cayó
por el precipicio hasta un pozo
de alquitrán produciendo un
monumental *¡cataplós!*
Estaba tan FURIOSO que
se levantó del pegajoso
pozo de alquitrán y gritó:
—¿Eso es todo?

¡CATAPLÓS!

Pero los cavernícolas tenían más sorpresas
reservadas para Cocoliso.

—¡ESTÚPIDOS CAVERNIDIOTAS!
—aulló Cocoliso cuando recuperó
el sentido—. ¿¿¿ESO ES TODO???
Pero, desafortunadamente
para Cocoliso, aún faltaba más.

—¡AYYYYY! —gritó Cocoliso mientras su robotrasero empapado de alquitrán empezaba a arder.

Echó a correr aullando hacia un pequeño lago cercano mientras las llamas se extendían.

Por fin, la aullante esfera de fuego robótica
se sumergió en las refrescantes aguas del lago
con un gigantesco chapuzón. Jorge, Berto,
Galletas, Chuli y los cavernícolas se reunieron
junto a la orilla del lago para ver qué había
pasado con su malvado enemigo. Durante unos
minutos, no pasó nada. Entonces, la superficie
del agua empezó a temblar.

De repente, el robocuerpo quemado, golpeado y magullado salió de las burbujeantes profundidades del lago.

—¿¿¿ESO ES TODO??? —exclamó Cocoliso, y comenzó a perseguir a los cavernícolas.

Pero, desafortunadamente para Cocoliso, todavía los cavernícolas tenían muchas más sorpresas desagradables reservadas para él.

CAPÍTULO 15

CAPÍTULO DE INCREÍBLE VIOLENCIA GRÁFICA, PARTE 1 (EN FLIPORAMA™)

RAMA

MARCA Pilkey®

¡ASÍ ES COMO FUNCIONA!

PASO 1

Colocar la mano *izquierda* dentro de las líneas de puntos donde dice "AQUÍ MANO IZQUIERDA". Sujetar el libro *abierto del todo*.

PASO 2

Sujetar la página de la *derecha* entre el pulgar y el índice derechos (dentro de las líneas que dicen "AQUÍ PULGAR DERECHO").

PASO 3

Ahora agitar *rápidamente* la página de la derecha de un lado a otro hasta que parezca que la imagen está *animada*.

(¡Diversión asegurada con la incorporación de efectos sonoros personalizados!)

FLIPORAMA 1

(páginas 139 y 141)

Acuérdense de agitar *solo* la página 139.
Mientras lo hacen, asegúrense de que
pueden ver la ilustración de la página 139
y la de la página 141.
Si lo hacen deprisa, las dos imágenes
empezarán a parecer *una sola*
imagen *animada*.

¡No se olviden de añadir sus propios
efectos sonoros!

AQUÍ MANO IZQUIERDA

COSCORRÓN
ROCOSO

AQUÍ
PULGAR
DERECHO

COSCORRÓN
ROCOSO

FLIPORAMA 2

(Páginas 143 y 145)

Acuérdense de agitar *solo* la página 143.
Mientras lo hacen, asegúrense de que
pueden ver la ilustración de la página 143
y la de la página 145.
Si lo hacen deprisa, las dos imágenes
empezarán a parecer *una sola*
imagen *animada*.

¡No olviden añadir sus propios
efectos sonoros!

AQUÍ MANO IZQUIERDA

RINOPLASTIA

RINOPLASTIA

FLIPORAMA 3

(Páginas 147 y 149)

Acuérdense de agitar *solo* la página 147.
Mientras lo hacen, asegúrense de que
pueden ver la ilustración de la página 147
y la de la página 149.
Si lo hacen deprisa, las dos imágenes
empezarán a parecer *una sola*
imagen *animada*.

¡No olviden añadir sus propios
efectos sonoros!

AQUÍ MANO IZQUIERDA

TRONCO
TRAUMÁTICO

AQUÍ
PULGAR
DERECHO

TRONCO
TRAUMÁTICO

CAPÍTULO 16

EL VERDADERO ORIGEN DE LA EDAD DE HIELO

—¿Eso… eso es to… todo? —balbuceó Cocoliso mientras caía al suelo sobre sus chamuscadas y machacadas rodillas.

Los Robopantalones de Cocoliso quizás fueran una maravilla tecnológica, pero no podían superar la inteligencia de los cavernícolas.

Cocoliso estaba en un apuro, pero
aún le quedaba un as bajo la manga. Bajó
la mano al panel de control y pulsó el botón
de su Rayocongelador 4000. De golpe, sus
Robopantalones se abrieron y el Rayocongelador
4000 apareció desde las profundidades del
robot.

Un enorme rayo de hielo salió al instante
en dirección a los cavernícolas. Por suerte,
todos lograron escapar a tiempo, pero el
hielo siguió saliendo.

—¿Qué le pasa a esta cosa? —dijo Cocoliso mientras pulsaba una y otra vez el botón para apagar el Rayocongelador 4000.

El botón estaba atascado, así que Cocoliso tiró de la palanca de emergencia, pero esta no se movió.

—¡Es como si alguien hubiera saboteado mi panel de control! —dijo Cocoliso sin darse cuenta de que en ese mismo instante la persona que había saboteado su panel de control se escapaba en puntillas.

Cocoliso Pequeño Ligeramente Más Joven, furioso porque su gemelo lo había traicionado, había alterado el Rayocongelador 4000 para que no pudiera ser apagado jamás. Así que el rayo de hielo estaba fuera de control.

Glaciares de hielo sintético, programados para durar setenta mil años, brotaron en cascada del Rayocongelador 4000 de Cocoliso, cubriendo los árboles y fijando sus pies robóticos al suelo congelado. Cocoliso no sabía qué hacer. Gateó bajo el panel de control, buscando desesperadamente la manera de detener el vómito de icebergs.

Esta era la oportunidad que tanto había esperado Cocoliso Pequeño Ligeramente Más Joven. Extendió sus Roboguantes y agarró el Gansoestirotrón 4000. Después, dando un salto gigantesco, llegó hasta la abertura superior de las piernas robóticas y desde allí rebotó hasta el suelo congelado.

El hielo se extendía a una velocidad inimaginable. Cocoliso Pequeño Ligeramente Más Joven tenía que actuar rápidamente. Sin perder un segundo, agarró un pedazo de goma de mascar de su bolsillo, la masticó, se leyó el cómic que venía en el envoltorio y luego apretó la pegajosa goma contra el botón del Gansoestirotrón 4000.

—Ahora —dijo Cocoliso Pequeño Ligeramente Más Joven—, cuando apriete este botón, ¡SE PEGARÁ!

Y eso fue exactamente lo que ocurrió.

¡GLUUUSSSRAT!

Un rayo continuo de energía alargadora
emergió del instrumento con forma de ganso.
Rápidamente, Cocoliso Pequeño Ligeramente
Más Joven se puso frente al rayo y creció hasta
medir treinta impresionantes pies de alto.

—¡FANTÁSTICO! —exclamó Cocoliso
Pequeño Ligeramente Más Joven mientras
saltaba delante del rayo una y otra vez, como
un niño que juega con un rociador de césped.
Cada vez que el rayo de energía le daba,
crecía otros treinta pies.

—¡Soy ENORME! —rugió Cocoliso
Pequeño Ligeramente Más Joven, que ahora
se alzaba sobre la tierra con una altura de
120 pies. Extendió su Roboguante y agarró el
Gansoestirotrón 4000.

—¡Unos cuantos disparos y seré…! ¡Ayyyy!
—gritó Cocoliso Pequeño Ligeramente Más
Joven cuando el Gansoestirotrón 4000 se le
resbaló del Roboguante y cayó contra el grueso
hielo.

Por desgracia el rayo de energía constante apuntaba ahora directamente a la gigantesca montaña de hielo, lo que la hizo crecer incluso más. El hielo se abrió camino hacia el oriente por el valle de Ohio y hacia el occidente por la parte de la Tierra que más tarde sería Indiana. Después se extendió hacia el norte, hacia Michigan, Canadá y más allá. Por accidente, una era glacial se estaba desarrollando a toda velocidad, y Cocoliso Pequeño Ligeramente Más Joven tenía que salir pitando si quería sobrevivir.

CAPÍTULO 17

¡QUE TENGAN UN HELADO DÍA!

Jorge y Berto agarraron a sus mascotas y corrieron a toda velocidad para escapar de los campos helados que se extendían rápidamente. Sus amigos cavernícolas iban justo detrás.

—¡Rápido, Galletas! —dijo Jorge—. ¡Tienes que agarrar a Chuli y escapar de aquí! ¡Es la única manera de salvarse!

Pero a Galletas le pasaba algo. El pterodáctilo, habitualmente muy activo, parecía enfermo.

—A lo mejor está pescando un resfriado —dijo Berto—. ¡No está acostumbrado a estas temperaturas tan frías!

Enseguida llegaron a la cascada gigante donde estaba atado el señor Carrasquilla.

El frío empezaba a convertir la cascada en puro hielo.

—¡Tenemos que rescatar al señor Carrasquilla! —dijo Jorge.

—¡Pero no hay tiempo! —dijo Berto—. ¡Nos congelaremos!

—No tenemos alternativa —dijo Jorge—. ¡No podemos dejarlo ahí!

Jorge y Berto corrieron hasta el señor Carrasquilla y empezaron a arrancar las enredaderas que lo ataban. Cuando los cavernícolas los vieron, se acercaron a ayudar.

Pero era demasiado tarde. El hielo se acercaba mientras todos tiraban con desesperación de las enredaderas, sumergidos en el agua que se congelaba a toda velocidad. El aguanieve helada envolvió la camisa de Berto y una gruesa capa de hielo encorsetó el cuerpo de Jorge.

—Este… bueno —dijo Berto tiritando de frío—, al menos lo… inten… intenta… mos.

—A... a... diós —dijo Jorge mientras el hielo que lo rodeaba le llegaba a la cara y le cubría la cabeza.

Finalmente, había llegado el desenlace para Jorge y Berto. Todo había terminado. Tan solo tenían la esperanza de que quizás, algún día en el futuro, un arqueólogo encontrara sus huesos fosilizados y se rompiera la cabeza para encontrar una explicación. Pero incluso esa esperanza parecía muy remota.

CAPÍTULO 18

ALGO MUCHO MENOS REMOTO

¡¡¡¡CATAPLÁS!!!!

De repente, el hielo que rodeaba a Jorge, Berto y sus amigos cavernícolas se resquebrajó gracias a un formidable golpe de karate.

—No creerían que iba a abandonarlos, ¿verdad? —dijo Cocoliso Pequeño Ligeramente Más Joven mientras los recogía a todos con su Roboguante gigante.

Todos se abrazaron para darse
calor mientras Cocoliso Pequeño Ligeramente
Más Joven avanzaba con dificultad hacia el sur,
atravesando los glaciares congelados.

Fue entonces cuando Jorge y Berto se dieron
cuenta de que la cara del señor Carrasquilla
ya no estaba mojada. El agua, al haberse
convertido en hielo, había desaparecido. Así
que los chicos chascaron los dedos y nuestro
milagroso héroe volvió.

—Carámbanos, parece que hoy refrescó
—dijo el Capitán Calzoncillos.

—Ol… vídalo —dijo Jorge tiritando.

Entonces, él y Berto le contaron
rápidamente al Capitán Calzoncillos la gravedad
de la situación y, en un abrir y cerrar de ojos,
tenían un plan.

El Capitán Calzoncillos salió volando del Roboguante de Cocoliso Pequeño Ligeramente Más Joven y agarró el enorme cinturón del robot. De un tirón colosal, el Capitán Calzoncillos arrancó los pantalones del Robotraje, con cinturón y todo, dejando ver las Robopiernas.

—¡OYE! ¿Qué haces? —gritó Cocoliso Pequeño Ligeramente Más Joven, tiritando en sus calzones robóticos gigantes.

¡R-R-R-RaP!

El Capitán Calzoncillos ató con un nudo los
pantalones rotos y les dijo a todos que subieran.
Enseguida, los buenos de esta historia
estuvieron arropados en los pantalones de
algodón y poliéster, volando hacia algún lugar
seguro y calentito. Cruzaron un ancho océano
y finalmente llegaron a un lugar que no estaba
cubierto de hielo. El Capitán Calzoncillos bajó
planeando y aterrizó cerca de la cueva Chauvet-
Pont-d'Arc, en el sur de Francia.

Jorge y Berto se despidieron de sus amigos cavernícolas.

—Esperamos que les guste su nuevo hogar —dijo Jorge.

—Sigan pintando —dijo Berto—, y cuiden a nuestros amigos, Galletas y Chuli, ¿de acuerdo?

—Espera un momento —dijo Jorge—. No podemos dejar aquí a nuestras mascotas. ¡Galletas está enfermo! ¡Hay que llevarlo al médico!

—Es verdad —dijo Berto—. ¡Casi se me olvida! ¡Tenemos que volver al futuro!

El Capitán Calzoncillos llevó volando a Jorge, Berto, Galletas y Chuli de vuelta a los congelados glaciares de América del Norte. Si querían volver a los tiempos modernos, no tenían más remedio que recurrir a Cocoliso Pequeño Ligeramente Más Joven.

CAPÍTULO 19
EL JURAMENTO

Cuando nuestros cinco héroes finalmente alcanzaron a Cocoliso Pequeño Ligeramente Más Joven, este no pareció sorprenderse al verlos.

—Los estaba esperando —dijo Cocoliso Pequeño Ligeramente Más Joven mientras tomaba agua de una botella plástica—. Apuesto a que quieren un viaje de vuelta al futuro, ¿no?

—¡Claro que sí! —dijo el Capitán Calzoncillos—. ¡Carámbanos, eso sería estupendo!

Cocoliso Cacapipí Ligeramente Más Joven apuntó la botella de agua al rostro del Capitán Calzoncillos y la apretó.

¡ESPLÁS!

—¿Pero qué demonios pasa aquí? —dijo el señor Carrasquilla mientras nuestros cinco héroes caían en picado hacia el suelo helado.

—¡AY, MADRE! —gritó Berto—. ¡ESTAMOS PERDIDOS!

Afortunadamente, Cocoliso Pequeño Ligeramente Más Joven los atrapó antes de que se estrellaran contra el suelo. Pero, desafortunadamente, tenía un plan para ellos que era peor que caer desde 120 pies de altura y morir.

Mientras Cocoliso Pequeño Ligeramente Más Joven programaba su Cacamóvil Temporal para una fecha en el futuro, Jorge y Berto sostuvieron una conversación que solían tener bastante a menudo.

—Bueno, aquí estamos otra vez —dijo Jorge—, en el mismo rollo de siempre.

—Lo sé —dijo Berto—. Parece que cada vez que hacemos una broma o escribimos un cómic, sucede algo terrible.

—Si alguna vez salimos de este rollo, creo que deberíamos dejar de hacer bromas todo el tiempo —dijo Jorge.

—Totalmente de acuerdo —dijo Berto—. Dejaremos de hacer cómics y prestaremos más atención a las tareas escolares.

Y mientras un estallido de luz azul los
envolvía, Jorge y Berto juraron cambiar su
comportamiento. Juraron dejar de hacer
bromas y dibujar cómics y prometieron tomarse
la vida seriamente y actuar como adultos.

—¡Madre mía! —dijo Jorge mientras se
sumergían en un remolino de tiempo líquido—.
¡Ya me siento más maduro!

—¡Y yo! —dijo Berto.

CAPÍTULO 20

DENTRO DE TREINTA AÑOS

Una esfera gigante de relámpagos azules estalló en el sur de una bulliciosa ciudad. Jorge y Berto miraron a su alrededor. Los autos, los edificios y los restaurantes de comida rápida tenían el mismo aspecto de siempre.

—¡Estamos en CASA! —gritó Jorge.

—Cierto —dijo Berto—. Pero, ¿por qué todo parece tan… *antiguo*?

—Porque no regresamos al momento del que partimos —rió Cocoliso Pequeño Ligeramente Más Joven—. ¡Estamos treinta años después en el futuro!

RUEGO
QUE ESTA COMIDA NO ME MATE

—¿Y por qué hemos viajado al *futuro*?
—preguntó Jorge.

—Porque la última vez que eliminé al
Capitán Calzoncillos, el planeta fue destruido
—explicó Cocoliso—. Solo quería asegurarme
de que el mundo podía sobrevivir los siguientes
treinta años sin él. ¡Y parece que así es!

Cocoliso caminó hacia la escuela primaria y
puso a Jorge, Berto y sus mascotas en el suelo.

—Pónganse cómodos, chicos —dijo—.
¡Estoy a punto de DESTRUIR al Capitán
Calzoncillos de una vez por todas y quiero que
ustedes lo vean desde la primera fila!

Jorge y Berto contemplaron con horror
como Cocoliso Cacapipí Ligeramente Más Joven
comenzaba a golpear al señor Carrasquilla
como si fuera un saco de boxeo.

—¡No puedo mirar! —dijo Berto mientras
acariciaba a su pterodáctilo, que parecía estar
cada vez más enfermo.

Chuli correteó por el patio de la escuela
recogiendo ramas, tallos y hojas. Después
las entretejió para formar un nido en el que
Galletas se pudiera acostar.

—Recuerda —dijo Jorge—, si alguna
vez salimos de este rollo, ¡cambiaremos y
empezaremos a comportarnos como adultos!

—Sí —dijo Berto mientras ponía a Galletas
en el cálido nido que Chuli había preparado—.
¡De ahora en adelante seremos responsables y
maduros!

Mientras Cocoliso pateaba al señor Carrasquilla como si fuera un balón de fútbol, a espaldas de Jorge y Berto estalló una gran conmoción. Dos maestros gritaban a los niños que estaban en el patio para que dejaran de prestar atención a la feroz lucha que tenía lugar sobre sus cabezas, ordenándoles que empezaran a actuar como adultos.

Como la batalla era cada vez más feroz, los dos odiosos maestros gritaban cada vez más alto, insultando y amenazando a los estudiantes curiosos.

—Chico, ojalá esos maestros se calmaran —dijo Jorge.

—No me digas —dijo Berto—. ¡Gritan tan alto que no oigo ni la pelea!

De repente, un Honda Civic 2034 verde oxidado se detuvo en el estacionamiento, y un personaje de aspecto familiar salió hecho una furia. Era el señor Carrasquilla, solo que un señor Carrasquilla treinta años *MÁS VIEJO*. Se veía arrugado, con bigote, una barba blanca desaliñada y los pantalones subidos hasta las axilas.

El señor Carrasquilla Anciano cruzó el patio furioso, abrió la boca y gritó cuatro palabras que aterrorizaron a Jorge y Berto:

—*¡SEÑOR BETANZOS, SEÑOR HENARES!*

Jorge y Berto se quedaron paralizados.

—¡Ay, NO! —susurró Berto—. ¡El señor Carrasquilla Anciano nos ha reconocido!

—¿Y ahora? —preguntó Jorge—. ¿Cómo saldremos de *ESTE LÍO*?

El señor Carrasquilla Anciano continuaba acercándose furioso a Jorge y Berto, y los niños temblaron de pavor. Entonces, pasó de largo y continuó caminando hacia el patio de juegos.

—¡SEÑOR BETANZOS, SEÑOR HENARES! —gritó el señor Carasquilla Anciano de nuevo—. ¡¡¡LLEVEN A LOS NIÑOS ADENTRO AHORA MISMO!!!

—¿A quién le habla? —preguntó Jorge.

—Ni idea —dijo Berto.

Al fin, los dos maestros gritones se voltearon.

CAPÍTULO 21

LA PEOR PESADILLA DE JORGE Y BERTO

¿Conocen esa sensación en la que parece que el corazón se te quiere salir del pecho? Generalmente ocurre cuando uno se da cuenta de que algo malo ha ocurrido o va a ocurrir. Muchas personas la sienten cuando descubren que olvidaron estudiar para un examen importante… o que van a perder el autobús… o que la leche que acaban de beber caducó hace tres semanas.

Ahora imaginen esa sensación multiplicada por 1.000.000.000.000.

Eso fue lo que sintieron Jorge y Berto cuando esos dos odiosos maestros gritones se voltearon.

Eran ellos mismos.

O para ser exactos, una versión futura de ellos mismos. Jorge y Berto se habían convertido en maestros. Pero no eran unos maestros cariñosos, maravillosos e imaginativos como los que *ustedes* suelen tener. ¡No, señor! Jorge y Berto se habían convertido en los terribles, aburridos y vengativos maestros que *ellos* solían tener.

El señor Carrasquilla Anciano se metió entre
Berto de cuarenta años y Jorge de treinta y nueve
y tres cuartos, y les puso sus sudorosos brazos
sobre los hombros.

—Cómo me alegra que estén aquí —dijo el
señor Carrasquilla Anciano—. Es difícil hacerle
la vida imposible a todo el mundo, ¿verdad?

—Ya lo creo, jefe —dijo Berto de cuarenta
años.

—¿Saben? ¡Cuesta creer que ustedes fueron
los chicos más traviesos de esta escuela! —dijo
el señor Carrasquilla Anciano—. ¡Menos mal que
los dos empezaron a tomarse la vida en serio!

—Así es —dijo Jorge de treinta y nueve años
y tres cuartos—. Un día, hace treinta años, nos
dimos cuenta de que estábamos equivocados y
juramos mejorar nuestro comportamiento.

—¡Eso! —dijo Berto de cuarenta años—. Desde entonces, solo nos dedicamos a estudiar seriamente, ser muy disciplinados y... *¡EH, CHICOS, QUÉDENSE QUIETOS!*

Jorge y Berto se miraron nerviosamente mientras sus dobles adultos continuaban gritando a los desafortunados chicos que estaban en el patio de juegos.

—Hummm... ¿recuerdas ese juramento que acabamos de hacer de dejar de hacer bromas y empezar a actuar como adultos? —preguntó Berto.

—Sí —dijo Jorge.

—Creo que deberíamos hacer un nuevo juramento que elimine ese —dijo Berto.

—¡Juremos! —dijo Jorge.

Entonces, mientras la terrible batalla rugía sobre sus cabezas, Jorge y Berto se dieron la mano y prometieron ser siempre ellos mismos. Juraron seguir haciendo bromas, crear incluso más cómics y dejar de tomarse la vida tan en serio.

—¡Debemos fantasear todo el tiempo! —dijo Jorge.

—¡Sí! —dijo Berto—. ¡Se acabó el *quedarse quieto y prestar atención*!

Mientras Jorge y Berto hacían un nuevo juramento, ocurrió algo extraño. Empezó a soplar una brisa ligera y sonó la melodía de un carillón. Entonces, las versiones adultas de Jorge y Berto comenzaron a desaparecer poco a poco. Al principio, solo se desvanecieron un poco, pero después de un minuto, el señor Carrasquilla se quedó completamente solo.

—Madre mía —dijo Jorge—. ¿Es así de fácil? Quiero decir, tomas una decisión, la cumples, ¿y puedes cambiar el futuro?

—Sí, supongo que sí —dijo Berto.

Jorge y Berto se acercaron al señor Carrasquilla Anciano, que parecía confundido, y chascaron los dedos. Al instante, la sonrisa familiar apareció en el rostro arrugado del director.

—¿Y bien? —dijo Jorge, señalando la terrible batalla que retumbaba sobre sus cabezas—. ¿A qué estás esperando?

—¡Sí! —dijo Berto—. Allí arriba te están pateando el trasero. ¡Ve a ayudarte!

El señor Carrasquilla Anciano se quitó la ropa de una vez, salió disparado hacia la escuela, tomó una cortina roja de su oficina y salió volando por la ventana con un triunfal "¡Tatata-cháááán!"

Inmediatamente, el Capitán Calzoncillos
Anciano rescató al señor Carrasquilla y lo llevó
de vuelta a la tierra.

—¡Qué alivio! ¡Cómo me alegro de que haya
terminado! —dijo el señor Carrasquilla.

—Relájate, chico —dijo Jorge—. ¡Recién
estás empezando!

Y en cuanto Jorge y Berto chascaron los
dedos, el señor Carrasquilla se convirtió de
nuevo en un superhéroe y salió volando hacia el
cielo para pelear junto a su yo del futuro.

CAPÍTULO 22

CAPÍTULO DE INCREÍBLE VIOLENCIA GRÁFICA, PARTE 2 (EN FLIPORAMA™)

FLIPORAMA 4

(páginas 187 y 189)

Acuérdense de agitar *solo* la página 187.
Mientras lo hacen, asegúrense de que
pueden ver la ilustración de la página 187
y la de la página 189.
Si lo hacen deprisa, las dos imágenes
empezarán a parecer *una sola*
imagen *animada*.

¡No olviden añadir sus propios
efectos sonoros!

AQUÍ MANO IZQUIERDA

UN PUÑADO DE PELOS NASALES

187

AQUÍ PULGAR DERECHO

UN PUÑADO DE
PELOS NASALES

FLIPORAMA 5

(páginas 191 y 193)

Acuérdense de agitar *solo* la página 191.
Mientras lo hacen, asegúrense de que
pueden ver la ilustración de la página 193
y la de la página 191.
Si lo hacen deprisa, las dos imágenes
empezarán a parecer *una sola*
imagen *animada*.

¡No olviden añadir sus propios
efectos sonoros!

AQUÍ MANO IZQUIERDA

PATADA OCULAR
POR LOS AIRES

PATADA OCULAR
POR LOS AIRES

FLIPORAMA 6

(páginas 195 Y 197)

Acuérdense de agitar *solo* la página 195.
Mientras lo hacen, asegúrense de que
pueden ver la ilustración de la página 195
y la de la página 197.
Si lo hacen deprisa, las dos imágenes
empezarán a parecer *una sola*
imagen *animada*.

¡No olviden añadir sus propios
efectos sonoros!

AQUÍ MANO IZQUIERDA

DIENTES
DOLIENTES

195

AQUÍ
PULGAR
DERECHO

DIENTES
DOLIENTES

CAPÍTULO 23

EL VERDADERO ORIGEN DEL UNIVERSO

Cocoliso Pequeño Ligeramente Más Joven era enorme y muy poderoso, pero no podía con *DOS* Capitanes Calzoncillos. Dobló sus gigantescas rodillas y cayó produciendo una nube estrepitosa de agonizante derrota.

Pero Cocoliso Pequeño Ligeramente Más Joven no estaba dispuesto a rendirse todavía.

Alargó la mano hasta el panel de control y apretó el botón de "bomba nuclear" que estaba convenientemente colocado entre el botón del "batido de fresa" y el dispensador de "galletas de chocolate y mentas bajas en grasas". Al instante se abrió un panel en el trasero de los Robocalzones y apareció una bomba termonuclear de 160 toneladas.

—¡Me podrán haber derrotado, pero el que ríe último, ríe mejor! —dijo Cocoliso Pequeño Ligeramente Más Joven mientras pulsaba el botón y comenzaba la cuenta regresiva para la extinción de la humanidad.

De repente, se encendió una luz roja a un lado de la bomba. Una voz de computadora que provenía de la bomba empezó la cuenta regresiva.

"Esta bomba explotará en sesenta segundos", dijo la voz.

—¡NOOOO! —gritó Jorge—. ¡La última vez que estalló una de esas bombas, murieron todos los dinosaurios!

—¡Pero esta bomba es MUCHO más grande que la última! —gritó Berto—. ¡Esta bomba podría hacer estallar todo el planeta!

—Perdona que te corrija —dijo Cocoliso Pequeño Ligeramente Más Joven—. Acabo de activar mi Levitador Gravitativo, ¡lo que le da a esta bomba más poder destructivo que una *SUPERNOVA*! ¡Esta cosa va a hacer estallar toda nuestra GALAXIA!

"**Esta bomba estallará en treinta segundos**",
dijo la voz de la computadora.

—¡Estamos PERDIDOS OTRA VEZ!
—gritó Berto.

—Bueno —dijo Jorge—, fue
divertido mientras duró. Hasta la
vista, viejo amigo.

—Adiós.

Mientras los dos niños se
estrechaban la mano, una
fuerte ráfaga de viento
casi los tumba al
suelo.

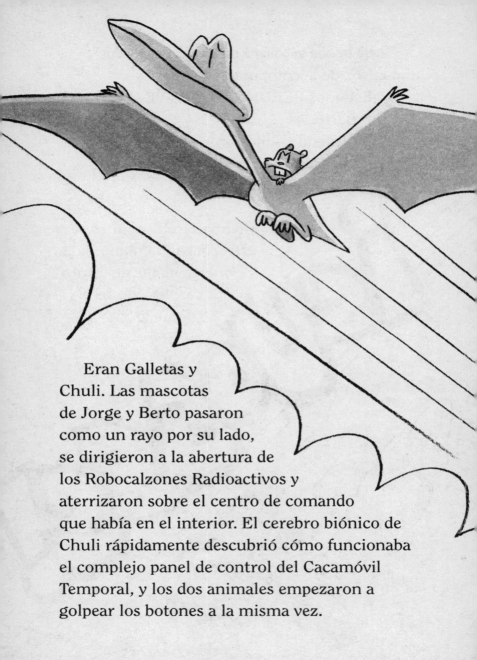

Eran Galletas y
Chuli. Las mascotas
de Jorge y Berto pasaron
como un rayo por su lado,
se dirigieron a la abertura de
los Robocalzones Radioactivos y
aterrizaron sobre el centro de comando
que había en el interior. El cerebro biónico de
Chuli rápidamente descubrió cómo funcionaba
el complejo panel de control del Cacamóvil
Temporal, y los dos animales empezaron a
golpear los botones a la misma vez.

"Esta bomba estallará en quince segundos", dijo la voz de la computadora mientras Galletas picoteaba enloquecido los controles.

Finalmente Chuli apretó con fuerza el botón de "Allá vamos", y una esfera gigante de luz azul envolvió a los Robocalzones Radioactivos.

De repente, los Robocalzones Radioactivos (y sus tres ocupantes) retrocedieron en el tiempo 13.700 millones de años, de vuelta a un tiempo *antes* de que existiera el tiempo, antes de que NADA existiera. No existía la Tierra, ni el Sol, ni los planetas, ni el universo… no había nada en absoluto.

Excepto la cuenta regresiva de una computadora en una bomba termonuclear de 160 toneladas.

"**Esta bomba estallará en 5... 4... 3... 2... 1**"

CAPÍTULO 25
LA TEORÍA
DEL *BIG* CATAPLÁN

El calor de la explosión de la supernova provocó el nacimiento del universo, que empezó a expandirse a toda velocidad. A medida que se expandía, también empezó a enfriarse, por lo que la energía empezó a convertirse en montones de partículas subatómicas.

Esas partículas no tardaron mucho en formar átomos que se combinaron y formaron materia, que se combinó para formar las estrellas y los planetas y a ti y a mí y a todo lo que nos rodea.

Los científicos suelen referirse a este acontecimiento como la Teoría del Big Bang, pero si queremos ser objetivos, la explosión sonó más como *¡Cataplán!* que como un simple *bang*. Pero supongo que había que estar allí para saberlo.

CAPÍTULO 26
¿QUÉ APRENDIMOS HOY?

¿Recuerdan que les dije al principio del libro que cuando llegaran a la página 210 serían más listos que el científico más brillante del mundo? Bueno, felicitaciones. Ahora saben por qué se extinguieron los dinosaurios, qué causó la edad de hielo y cómo se creó el universo.

Por desgracia, esta información no les servirá para nada práctico. Así que si alguna vez hacen un examen en la escuela, por favor, no respondan la verdad. Les puedo garantizar que NO les irá bien.

Desafortunadamente, este es el triste destino de las personas tan inteligentes como nosotros. No hay ningún lugar en el que podamos usar nuestro vasto conocimiento, así que nos tenemos que conformar con poner cara de suficiencia, agitar la cabeza con superioridad y cantar la vieja canción "Soy más listo que tú (niaa nia nia nia niaaa)".

Para que no desentonen, en la siguiente página encontrarán la partitura.

Soy más listo que tú

Letra y música de Albert Einstein

CAPÍTULO 27

MIENTRAS TANTO, DENTRO DE TREINTA AÑOS...

—¿Adónde fueron? —dijo Jorge mirando al cielo, donde hacía un momento habían estado los Robocalzones de Cocoliso.

—¡Desaparecieron! —dijo Berto—. ¡Desaparecieron sin dejar rastro!

El Capitán Calzoncillos y su gemelo anciano bajaron hasta donde estaban Jorge y Berto.

—¿Y ahora qué hacemos? —preguntó el Capitán Calzoncillos Anciano.

—¿Por qué no vuelas hasta esa escuela y te mojas un poco la cara con agua? —dijo Berto.

—¡Claro que sí, jefe! —dijo el Capitán Calzoncillos Anciano, que voló derecho hasta la fuente más cercana y en un instante volvió a ser el director cascarrabias que era.

—Bueno —dijo Jorge—. ¿QUÉ hacemos ahora? ¡Estamos atrapados en el futuro sin máquina del tiempo!

—Esto... Jorge —dijo Berto observando el nido de Galletas.

—¡No tenemos dinero, ni documentos de identificación, ni *nada*! —dijo Jorge.

—Esto... *Jorge* —repitió Berto mirando con atención el nido.

—¡No es como si pudiéramos volver a la escuela y seguir en el punto en el que nos marchamos! —dijo Jorge.

—Esto, *Jorge* —repitió Berto por tercera vez.

—¿QUÉ? —preguntó Jorge por fin.

Berto señaló el nido que Chuli había preparado para Galletas. En el centro había tres huevos con manchas anaranjadas y moradas.

Jorge se quedó boquiabierto.

—¿QUÉ ES ESO? —gritó.

—Parece que Galletas no estaba enfermo —dijo Berto—. ¡Estaba *embarazado*!

—¡Pero Galletas es macho! ¡Los machos no ponen huevos!

—A lo mejor Galletas era hembra —dijo Berto.

—Ah, claro —respondió Jorge—. Supongo que eso tiene más sentido.

Jorge y Berto tomaron los huevos con
cuidado y los examinaron.

—Tenemos que mantenerlos calientes hasta
que Galletas y Chuli vuelvan —dijo Jorge.

—¡Pero no sabemos dónde están! —dijo
Berto—. ¡Ni siquiera sabemos si volverán
ALGÚN DÍA!

—Entonces tendremos que cuidar los
huevos nosotros solos —dijo Jorge—. Es lo
mínimo que podemos hacer.

CAPÍTULO 28

EL ÚLTIMO CAPÍTULO DE LA ÚLTIMA NOVELA ÉPICA DEL CAPITÁN CALZONCILLOS

Jorge, Berto y el Capitán Calzoncillos tomaron cada uno un huevo y los pusieron contra sus cuerpos para mantenerlos calientes. Luego echaron a andar.

—¿Adónde vamos? —preguntó Berto.

—Supongo que deberíamos tratar de ir a casa —dijo Jorge—. Quizás nuestros padres aún vivan aquí.

—Buena idea —dijo Berto.

De repente, una esfera brillante de luces resplandecientes apareció ante ellos. La luz se hizo cada vez más intensa hasta que finalmente explotó con un chisporroteo de relámpagos.

Y allí, donde había estado la esfera de luz, ahora estaba un calamar robótico gigante de los que brillan en la oscuridad. La parte de arriba del Robocalamar se abrió y Gustavo Lumbreras, el antiguo enemigo de Jorge y Berto, asomó la cabeza.

—Hola —dijo Gustavo—. ¡Vengo del pasado para llevarlos de vuelta a casa!

—¡Oye, espera un momento! —dijo Jorge con incredulidad—. ¿Cómo supiste dónde encontrarnos?

—Digamos que me lo dijo un *viejo amigo* —dijo Gustavo.

—Ah —dijo Jorge.

—Ya veo —dijo Berto.

—Cuando diseñé el endoesqueleto robótico de Chuli —continuó Gustavo—, le instalé un...

—¡*ABURRIDO*! —lo interrumpió Jorge.

—¡Eso! —dijo Berto—. Dejamos de escuchar hace unos diez segundos.

—¡*ESCÚCHENME*! —gritó Gustavo, extendiendo sus tentáculos y agarrando con ellos a nuestros héroes—. ¡Ustedes tres y sus preciosos huevos se vienen conmigo!

—¿Adónde nos llevas? —gritó Jorge.

—Pronto lo verán —rió Gustavo enloquecido—. ¡Muy pronto lo sabrán!

Al instante, la máquina del tiempo que era el Supercalamar gigante empezó a temblar y a resoplar en una esfera chisporroteante de luz electrificada.

—¡Ay, NO! —gritó Jorge.

—¡Aquí vamos otra vez! —gritó Berto.

¿HAS LEÍDO TUS CALZONCILLOS HOY?